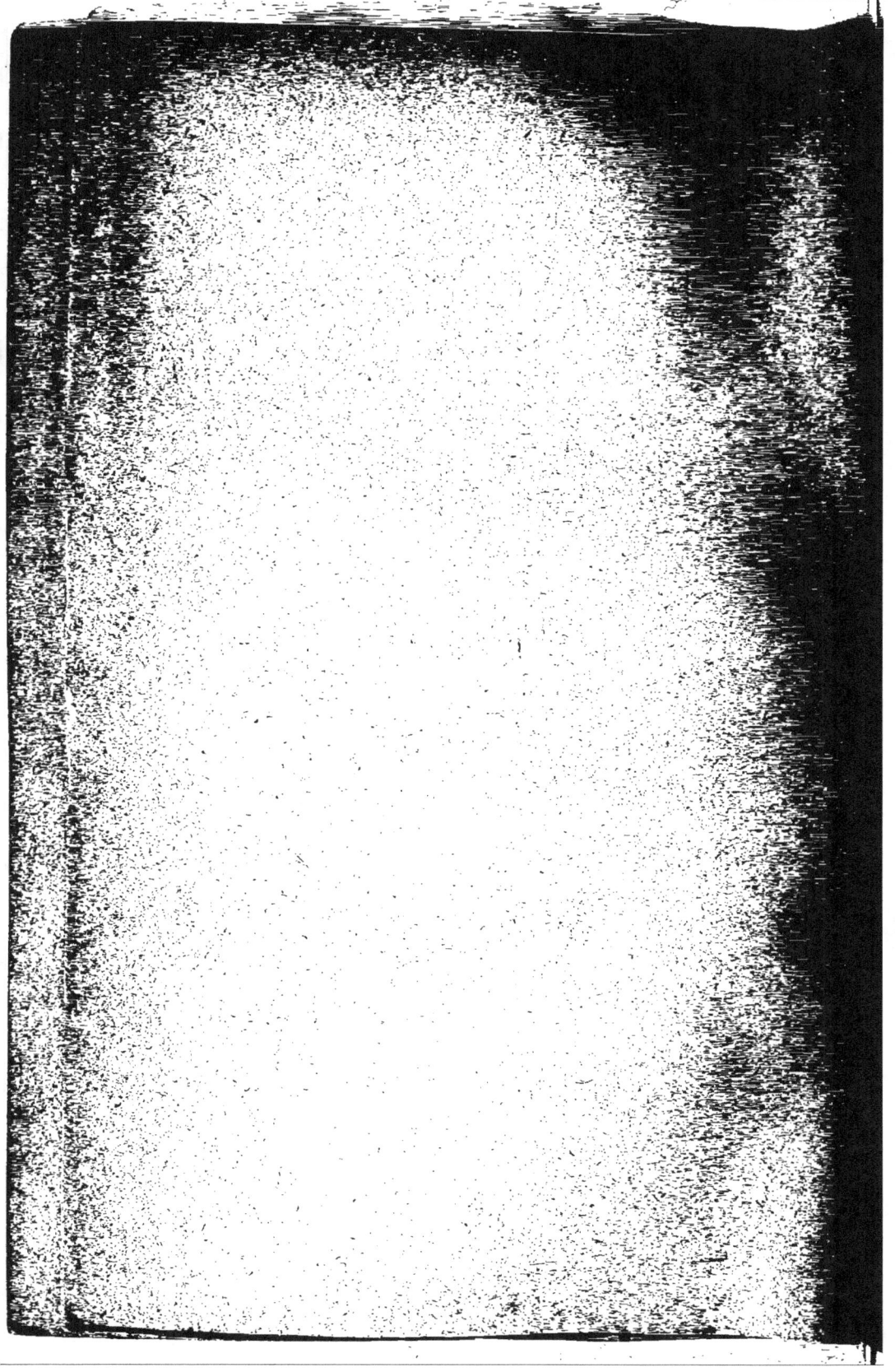

J.-B. LACOMBE.

LA

SŒUR DE CHARITÉ

Ces Épouses du Christ, au chevet des misères.

LAMARTINE.

PRIX : 50 CENTIMES

PARIS
VICTOR PALMÉ, ÉDITEUR
76, RUE DES SAINTS-PÈRES, 76
—
M DCCC LXXX

LA

SŒUR DE CHARITÉ

J.-B. LACOMBE.

LA

SŒUR DE CHARITÉ

Ces Épouses du Christ, au chevet des misères.

LAMARTINE.

PRIX : 50 CENTIMES

PARIS

VICTOR PALMÉ, ÉDITEUR

76, RUE DES SAINTS-PÈRES, 76

—

M DCCC LXXX

LA

SŒUR DE CHARITÉ

Ces Épouses du Christ, au chevet des misères.

LAMARTINE.

I.

Lorsque le choléra, la peste, la famine,
Soufflent dans les palais, comme dans la chaumine,
  Leur mortelle vapeur !
Quand les morts entassés font ployer la civière
Et que le fossoyeur voit dans le cimetière
  Décupler son labeur !

Quand l'ange de la mort déployant son suaire,
Se hâtant de combler le sinistre ossuaire
  Plane sur la cité !
Les orphelins restés sous le toit plein d'alarmes
Voient accourir vers eux pour essuyer leurs larmes
  La sœur de charité !

Puis, quand des grands fléaux la tâche est accomplie,
Quand la mort se retire, lasse, et que l'homme oublie
Les maux qui l'ont frappé! — Seule au pied de l'autel
On la voit s'incliner devant l'être éternel,
Pour implorer sa grâce; et devançant l'aurore,
Si ce n'est la douleur qui l'attend et l'implore,
Elle vole aux faubourgs trouver les artisans:
Et leur dit: « Travailleurs, donnez-moi vos enfans . . .
» Dans ma demeure austère où règne le silence,
» Je leur ferai goûter les fruits de la science
» En leur parlant de Dieu! — J'élèverai leur cœur:
» Et, plaçant sous leurs yeux, l'image du Sauveur,
» Je leur expliquerai le drame du Calvaire . . .
» Où Jésus expirant voit sa divine mère,
» Sublime, résignée, en face de sa croix,
» Devant le saint martyr comprimer ses émois!»

II.

Lorsque pressant le pas, inclinée et muette,
Dérobant sous les plis de sa blanche cornette,
　　Ses yeux tendres et doux,
Elle accourt, à la voix de la cloche sonore,
Dans le temple sacré du maître qu'elle adore
　　Ployer ses deux genoux;

Les pauvres, en voyant l'ange de l'espérance
Invoquer pour leurs maux l'auguste providence,
　　S'agenouillent heureux,
Et mêlent leurs accents à la voix de la sainte,
Avocat des douleurs qui va porter leur plainte
　　Jusqu'au trône des cieux!

Et tels que des enfants effrayés par l'orage,
Bénissent le soleil qui dorant le nuage
    Ranime leur espoir !
Tels leurs yeux, dont les pleurs rougissent la paupière,
Essuyés par la main de la pieuse mère,
    Voient l'horizon moins noir !

A chaque instant du jour, à toute heure elle prie
Pour les déshérités des luxes de la vie :
    L'escarcelle à la main,
A la porte du riche elle frappe sans cesse,
Car, chaque jour, hélas ! amène une détresse
    Dans son âpre chemin !

Elle va bravement trouver la souveraine . . .
Et lui dit : « Majesté, vous êtes la marraine
    De mes infortunés :
L'hiver est rigoureux, il faut les faire vivre . . .
La bise sur les toits souffle déjà le givre.
    Donnez ! Donnez ! Donnez ! . . . »

Et le cœur, à la voix de la douce quêteuse
S'ouvre : et la reine dit : « Vous me rendez heureuse . . .
    Tenez ! Voici de l'or . . .
Prenez à pleines mains, c'est pour vos pauvres mères,
Et si ce n'est assez pour toutes vos misères,
    .Vous reviendrez encor. »

Et le bon ange part, le cœur et les mains pleines :
Ainsi qu'un laboureur qui revient de ses plaines

Chargé de sa moisson.
L'or tombe de ses doigts, précieuse rosée,
Sur le vieillard transi, sur la mère épuisée,
Et sur le nourrisson!

Dédaignant le repos, son zèle infatigable
Fait descendre du ciel la manne inépuisable,
Sur les abandonnés; . . .
Et, prodiguant ses soins que Dieu seul salarie,
Elle va souriante aux crèches de Marie
Bercer les nouveau-nés.

Puis, quand cessent les pleurs, lorsque l'enfant sommeille,
Courageuse, elle va, pour terminer sa veille,
Bercer d'autres douleurs,
Dans ces lieux désolés où celui qui succombe,
Sans maudire le ciel, se couche dans la tombe,
Espoir de jours meilleurs!

Redoutant de mourir sa tâche inaccomplie,
Avec quels soins pieux elle se multiplie!
Sa devise est: Servir!
En adressant à Dieu de ferventes prières,
Dès l'aube elle traverse un amas de misères,
Sans jamais défaillir!

De l'hospice elle va dans ces mornes demeures
Où tintent, lentement, de lamentables heures,
Sur des fronts dégradés
Que le vice a frappés du sceau des flétrissures;
Grave, posant sa main sur toutes ces souillures,
Elle dit: Espérez!

Le vice la respecte ! — Il se tourne vers l'ange
Qui pose, sans frémir ses ailes dans sa fange,
    Plein de sérénité . . .
Il entend le Seigneur lui parler par sa bouche,
Et, levant vers le ciel un regard moins farouche,
    Comprend sa majesté !

Partout où la misère a mis des succursales,
Soit des afflictions physiques ou morales,
    L'infatigable sœur
Donne indistinctement à celui qui réclame,
Tous les trésors que Dieu concentra dans son âme,
    Les perles de son cœur !

III.

Dans l'accomplissement de son devoir sublime,
Elle marche en posant le pied sur quelque abîme ;
Mais elle n'y prend garde elle va sûrement,
Car le cœur est son guide, et puis, le dévouement,
N'est-ce pas le flambeau que Dieu met sur sa route ?
Dans un quartier désert, attentive, elle écoute ? . .
Pourquoi son cœur bat-il d'un doux tressaillement ? . .
Il ne la trompe pas ! — C'est le vagissement
D'un petit nouveau-né qu'une marâtre infâme,
Dont la fièvre des sens a putréfié l'âme,
Ou quelque fille-mère, en proie au désespoir,
Auront déposé là, tout nu sur le trottoir !

IV.

Elle a pour ces enfants d'émouvantes caresses ! . . .
Et son cœur affligé de toutes ces détresses,
Qui ne bat qu'aux transports des mystiques ardeurs,
De nos perversités voilant les profondeurs,
Prend tous ces parias qui viennent dans le monde,
En jetant son manteau sur cette boue immonde !

V.

Lorsque dans la cité les funèbres tambours,
Aux sombres jours d'émeute agitent les faubourgs !
Ce doux ange de paix, colombe aux blanches ailes,
Arrive, courageuse, au bruit de nos querelles . . .
Pour mêler sa prière aux clameurs des combats !
Et, le cœur déchiré d'effroyables tortures,
Elle étanche le sang de toutes les blessures,
Sans regarder la mort qui marche sur ses pas !

VI.

Oh ! que de charité Dieu versa dans son âme !
Quand, à tous ses travaux, la simple et noble femme
Peut dérober une heure et que, dans le saint lieu,
Elle incline son front pour remercier Dieu
Du bien qu'elle répand ? — En priant elle doute,
Et des pleurs de ses yeux s'échappent, goutte à goutte . . .

Craignant pour tous nos maux n'avoir pas assez fait,
Elle lui dit : — « Seigneur, êtes-vous satisfait ? . . . »
Et du haut de son ciel, Dieu, lisant dans son âme,
Répond, l'enveloppant d'un rayon de sa flamme :
« — Ma fille ! les chemins de la vertu sont longs . . .
» Et dans l'aveuglement de ses illusions
» L'homme y marche en niant ma puissance éternelle !
» En chantant le *credo* de quelque foi nouvelle !
» C'est à toi, fille sainte au cœur pur et fervent,
» De dessiller ses yeux ! » — Et, le front rayonnant,
Des sombres océans défiant la colère,
Elle part, sans faiblir, divine messagère,
Comme l'ange chargé des saintes missions,
Pour combattre l'erreur des superstitions
Qui font s'entr'égorger les peuplades incultes !
Sublime dans sa force, opposant aux insultes
Des hommes que la foi n'a pas encore émus,
La résignation des filles de Jésus ; . . .
Heureuses d'accomplir leur divin ministère,
Sans hésitation, n'ayant d'autre salaire,
Quand la mort les surprend sous ces climats de feu,
Que le remerciement d'un sourire de Dieu !

VII.

Lorsque des nuits des camps affrontant la froidure,
Frêle corps recouvert d'une grossière bure,

La sœur va raffermir l'âme de nos soldats :
Elle est vraiment sublime au milieu des combats !
Toujours debout, veillant, doublant sa vigilance,
Toujours l'œil aux aguets, au seuil de l'ambulance,
Elle attend les blessés qui, meurtris et sanglants,
Réclament ses bons soins. — Ou, cédant aux élans
De son cœur, elle va, défiant la mitraille,
Comme un simple héros, sur le champ de bataille,
Disputer au trépas quelques débris humains
Râlant, désespérés dans le creux des ravins !

VIII.

Là, sur ce champ de deuil, de larmes, de misères,
Pour ces jeunes soldats, mourant loin de leurs mères,
La sœur est du foyer le vivant souvenir ! . . .
La mère qui le soir, avant de s'endormir,
S'agenouillant aux pieds de la vierge d'albâtre
Par l'aïeule appendue aux solives de l'âtre . . .
Mettait le chapelet dans leurs petites mains,
Pour leur faire épeler la prière des saints !
Ce pieux souvenir apaisant leur délire,
Sur leur lèvre mourante amène le sourire ! . . .
Mais si, brisés, vaincus, cédant à la douleur,
Des imprécations, ces souillures du cœur,
S'élèvent vers le ciel ? — La sœur médiatrice,
De Jésus expirant montre le sacrifice ;
Et ces hommes, voyant l'horizon s'élargir,
S'endorment dans la foi du céleste avenir !
Puis le soir, au bivac, sous la tente fragile,
Fortifiant leurs cœurs par le saint évangile,

Souriant des exploits d'un soldat fanfaron,
Elle pose souvent la main sur un juron
Tout prêt à s'échapper d'une grossière bouche,
Moins habile à prier qu'à mordre la cartouche!

IX.

Lorsque la paix, sortant de son nuage d'or,
Fait taire les canons qui rugissent encor,
Et rentrer dans nos murs notre vaillante armée,
Parmi tant de héros noircis par la fumée,
Dont la postérité doit ignorer les noms,
On voit au dernier rang des derniers bataillons,

La sœur de charité, la modeste héroïne,
Comme les vétérans portant sur sa poitrine
        L'étoile de l'honneur,
Allant recommencer sa tâche difficile,
Dispenser comme avant, à l'hospice, à l'asile,
        Son pénible labeur!

Jusqu'au jour où la mort, sourde à toutes prières,
Sans souci des sanglots des enfants et des mères,
        Courbant ce front si pur,
Ses sœurs du paradis, aux ordres de Marie,
L'emportent au séjour où règne l'harmonie
        Sur leurs ailes d'azur!

VERSAILLES

IMPRIMERIE CERF ET FILS

59, RUE DUPLESSIS

19